KB185752

아흔 무렵의 이야기

아흔 무렵의 이야기

송하선 시선집

| 시인의 말 |

아혼 무렵에 이르러 아내 윤정과 결혼 62년을 기념하기 위하여, 단시(短詩) 62편을 모았다.

이번에 시집 제목을 '아흔 무렵의 이야기'로 정했다. 이야기는 소설을 흔히 말하지만, 굳이 이야기라 한 것은 이제 90의 나이가 되어가니, 간디가 물레를 잣듯 말들을 풀어가기 위해서다.

지금까지 13권 시집에다 펴낸 시편들이 700여 편의 범작일 뿐, 명작이 없다. 그러나 오직 한 길로 한 걸음으로 걸어온 걸 다행으로 생각한다. 허튼 걸음 하지 않고 정신을 맑히며 항심(恒心)으로 살아왔기 때문이다. 그래서 내 집 이름도 '유항재(有恒齋)'라 한 것이다.

2025년 1월
송하선

| 차례 |

제1부 그 푸르름 위에

제2부 꽃잔디

제3부 등불

제4부 천년의 바람이 되어

| 차례 |

■ 작품 세계

제1부

그 푸르름 위에

소나기

먹구름이 일더니
갑자기 소나기 퍼붓는다.

그러더니
또 갑자기 멈춰버린다.

마치 우리네 인생처럼.

화엄사의 종소리

하늘로 하늘로
울려 퍼지는
화엄사의 밤 종소리,

그 소리 들으신다면
하느님도
가슴속으로 울먹울먹하실까?
혹시라도 울고 계실까?

섬

뭍에서 살 때
섬이 그립더니,

섬에 가서 보니
다시 육지가 그립다.

멀리 섬을 보면
안개처럼 아득하다.

모란과 동백

오피스텔 13층 내 사는 집
정원에는
모란과 동백이 오누이처럼 피어 있네.

이른 봄에 피는 동백은
겨울의 남은 자락을 밀어내며
붉은 띠 두르고 혁명처럼 피어 있고,

동백보다 한발 늦게 피는 모란은
겨울의 남은 자락을 밀어내며
흰 컬러가 예쁜 여학생처럼 피어 있네.

내 집의 정원에 봄이 오면
다른 꽃들도 피고 지고 하지만
유난히 예쁜 모란과 동백은
겨울 추위를 밀어내며
오누이처럼 피어 있네.

박꽃

시골집 담장 위에
하얗게 피어 있는
박꽃을 바라보고 있으면,

아버님이 돌아가셨을 적
흰옷을 입으셨던 모습이
달빛 아래 그윽이 오버랩되어요.

달빛 아래 희고도 푸른
박꽃을 바라보고 있으면,
고향 마을 산짓뜸을 울리던
어머님의 통곡 소리가 자꾸만 들려요.

꽃을 바라보고 있으면

꽃을 바라보고 있으면
누군가 문득
웃으며 걸어오네.

꽃을 바라보고 있으면
누군가 문득
향기를 내며 걸어오네.

라일락을 바라보고 있으면
라일락 향기를 내며
걸어오고,

모란꽃을 바라보고 있으면
모란꽃 향기를 내며
걸어오네.

꽃을 바라보고 있으면

안개꽃처럼 아른아른
걸어오는 사람 있네

달아

달아
30년 만에 또다시 밝은 달아,

너는 어찌하여
덧없는 구름 속에 숨었다가

영원히 잊히지 않는 얼굴로
오늘은 내게 말갛게 웃으며 오는가,

달아 30년 만에 또다시 밝은 달아.

꽃

예쁘지 않은 꽃이 어디 있으랴
아름답지 않은 꽃이 어디 있으랴,

아지랑이처럼 아른아른
조금은 먼 거리에서 보면,

예쁘지 않은 사람이 어디 있으랴
아름답지 않은 사람이 어디 있으랴.

싸락눈 (2)

싸락눈이 유리창에 부딪히며
부딪히며
흔적도 없이 사라져버리네,

싸락눈이 허공중에 흩어지며
흩어지며 없어져버리네,

우리도 이같이 흩어지고
사라지는 것,

흩어지고 사라지고
흔적도 없이
없어져버리는 것.

여름에 오는 비

여름비가 오는 날
턱을 고이고 앉아 있으면,

초등학교 소년 한 사람이
우산을 쓰고 와요,

바람이 세차게 불면
우산이 뒤집어지면서
산길로 와요,

그냥 비를 맞으며
산길로 홀로 와요
나는 그때 그 소년이어요.

문둥이

산속 길로
중학교 20길을 다닐 때면,

문둥이 두 사람이
와요,

밀밭 속으로 데려다가
잡아먹는다는 속설 때문에,

눈치를 보며
숨을 죽이고 슬슬 피해서 가요.

경기전과 노인

경기전의 노인들이
한 천년 기다리며 사는 듯한
표정을 하고 있는 것은
이따금 한 번씩
예쁜 새떼들이 날아와
조잘대기 때문이다.

경기전의 노인들이
한 백년 기다리며 사는 듯한
표정을 하고 있는 것도
이따금 한 번씩
옛날의 소녀들이 날아와
조잘대기 때문이다.

덕진호수와 노부부

세상에서 가장 아름다운 풍경은
90세쯤으로 보이는 노부부가
갈대처럼 희끗희끗 머리칼 흩날리며
호반의 벤치에 오래오래
손을 잡고 앉아 있는 풍경입니다.

무엇인가 할 얘기가
머나먼 강물처럼 많은 듯,

조용조용 끊임없이 이야기 나누며
마치 학처럼 흰옷을 입고
갈대처럼 희끗희끗 머리칼 흩날리며
손을 잡고 호숫길을 돌아서 갈 때의
풍경입니다.

그 푸르름 위에

그 푸르른 잎사귀에선
생명력이 넘쳐요,

그 빛살에선
구원의 숨소리가 들려요,

그 숨소리에선
맥박이 들리는 것 같아요,

그 줄기는
우리에게 생명력을 주는 것 같아요.

대밭

밤이 이슥해지면
대밭 속 저쪽 소나무 숲에서
소쩍새가 운다.

그 소리는
마치 피를 토하며 우는
소리 같기도 하다.

틀니

나이가 들면서
노인들의 틀니를 볼 때가 있다.

세면대에서 틀니를 씻을 때
나는 아직 틀니는 아니지만
그 모습을 보면 안타까운 생각이 든다.

제2부

꽃잔디

붓걸이

내 집의 책상 위에는
붓걸이가 놓여 있다.

더러는 현판 글씨도 쓰고
병풍 글씨도 쓴다.

천자문을 예서로 써서
국전에 입선한 적도 있다.

가계부

아내는 가계부를
한 번도 하루도 거르지 않고
쓴다.

책방에 가서
가계부를 사다 줄 때면
아내가 고맙고 내가 즐겁기도 하다.

그 가계부는
수십 년의 역사다
아내의 역사이며 나의 역사다.

선비 책상

아내는 선비 책상 서랍에
가계부를 둔다,

아내는 그 책상에서 가계부를 쓰며
그 책상이 옹골지다 한다,

아담하고 작은
선비 책상이다.

꽃잔디

시청 집 앞에 살 때
오 선생 집엔 꽃잔디가 아름답게
피었었다.

그걸 달라 하여
우리 집 화단에 둘러 심었다.

그걸 본 처남네도
우리 집에서 가져다가 아름답게 심었다.

그 정원의 넓은 화단에는
아름다운 꽃잔치가 벌어졌다.

여꾸다리 대밭

우리 집 대밭 아래에는
배나무와 포도나무가 있었다

포도나무 아래에서 포도를 따먹으며
이야기꽃을 피우던 생각이 난다.

내소사 대웅전 단청

내소사라는 오래된 절이 있다
그 절의 단청이 재미있다
중국의 소정방이 왔다는 설이 있고
내생에 소생하라는 의미의 설도 있다

내 생각에는
중국의 소정방 얘기는 근거가 희박하고
내생에 소생하라는 설이 유력하다
그 절의 따님이 내가 원광여고에 있을 때
학생이었다.

내소사 지장암

내소사 지장암 주지 스님은
내 제자다
고등학교 3학년 강의실에 가면
그 학생이 눈에 띄었다.

그 주지 스님은
내가 지장암에 갈 때면
따뜻한 차 한 잔을 대접한다.
나의 아내는 운전을 했고
그 암자를 왕래하며 즐거웠다.

가을에 (1)

낙엽길을 걸을 일이다.
낙엽길을 걸으며 깊이깊이 생각할 일이다.

오솔길을 걸을 일이다.
오솔길을 걸으며 깊이깊이 생각할 일이다.

우리가 결국 어쩔 수 없이 되었을 때
낙엽길 걸으며
무엇이 되어 돌아가는 가을
깊이깊이 생각할 일이다.
낙엽길 걸으며 너 자신을 되돌아볼 일이다.

발자국 (1)

멀리서 보면 우리들은 모두 다
개미들의 행진과 같구나.

아무리 보아도 개미들은
발자국이 없다.

개미들의 행진 속을 가다가
발자국도 없이
우리는 무엇이 되어 남을 것인가를.

주목

주목은
'살아서 천년 죽어서 천년' 을 산다는
말이 있다. 1m쯤 되는 주목 한 그루를
뜰에 심었다.

이 주목은 세월을 살면서
나를 지켜볼 것이다.
살아 있을 때뿐 아니라 내가 죽은
뒤에도
한 천년 나를 지켜볼 거다.

늙은 학처럼

산을 아름답게 보려거든
적당한 거리를 두고 바라보라.
산속 깊이 들어가 바라보면
보고 싶지 않은 짐승들의
갈등과 약육강식과 생존경쟁,
정말 안타까운 장면들이 보이나니,

사람을 아름답게 보려거든
적당한 거리를 두고 바라보라.
그 사람의 내면으로 깊숙이 들어가 보면
보고 싶지 않은 사람들의
정말 안타까운 민낯이 보이나니,
늙은 학처럼 헌거롭게 멀리서 바라보라.

유리벽

할머니가 입원하신 요양원에는
유리벽이 있어요.
손과 손을 유리벽에 대고
사랑의 말을 전하려 해도
애타게 애타게 할머니를 불러도,

귀가 먹먹해 서로의 말이
서로의 사랑이 전달되지 않네요.

주름살이 지고 백발이신 할머니는
오늘은 유난히 어린아이처럼
웃고 계시네요.
코로나라는 몹쓸 병 때문에
만나지도 못하고
유리벽을 두들기며
말하고 말하고 또 말해봐도,

이승에서 하는 말이지만
마치 저승에서의 말인 것처럼
할머니의 말은
먹먹하게 먹먹하게 들리지 않네요.

여름밤에

한여름 늦은 밤에
귀뚜라미 우는구나,

무엇이 그리워서
그리 우는가,

짝이 그리워서
우는 걸까,

내 마음을 혹시라도
달래주는 걸까.

산벚꽃 피면

"산벚꽃 피면 '남곤' 이랑 함께 와"
습관처럼 말씀하시던 우하(又下) 선생님,

선운산에 산벚꽃 피고
시집 구절
우하정(又下亭)이 개축됐는데,

우하 선생님은 가신 곳이 없고
이 산 저 산 어디에도 찾을 길 없네.

무리

내 집의 유리창 밖에
어린 동백이 꽃을 너무 많이 피웠구나.

어쩌나, 저렇게 가느다란 몸매에
너무 무리해서 꽃을 피우니 어쩌나.

너무 무리하며 시의 꽃 피우면
태작이 많이 나오니 어쩌나.

나이 늙어 시를 꽃 피우면
어쩌나.

눈

눈이 내린다
소복소복 함박눈이 내린다.

어린 날
눈싸움을 하며
눈 속에 몸을 눕히던
생각이 눈에 선하다.

제3부

등불

국화꽃

누님같이 생긴 꽃이라고
어떤 시인이 노래했지만,

맑게 피는 꽃
눈이 맑은 소녀가
다가오는 듯하다.

황혼처럼

꽃처럼 밝게 물드는
황혼처럼,

우리네 인생도
그렇게 늙어가겠지,
그렇게 늙어가겠지.

함박눈 (2)

함박눈이 온다
외투를 입은
한 노인이 온다.

눈을 맞으며
나이를 쓸쓸히 맞으며
한 노인이 온다.

대 바람 소리

대 바람 소리 들으며
잠잔다.

참새 떼가 우르르
날아가는 소리 들린다,

그물을 쳐놓고
참새 떼 몰던
생각이 난다.

막걸리 한 잔

텁텁한 막걸리 한 잔 마시며
옛날이야기 나누고 싶다,
고향 친구와 이야기 나누고 싶다,
거나하게 옛날이야기 나누고 싶다.

검은 넥타이

상갓집에 갈 때에는
검은 정장에 검은 넥타이를 맨다,
정중히 예의를 갖춘다.

어디서 무엇이 되어

그는 무엇이 되어갈까
나는 무엇이 되어갈까,

어디서 무엇이 되어
늙어갈까,

어디서 무엇이 되어
우리 다시 만날 수 있을까.

정의롭게 살아야지

당연히 정의롭게 살아야지
나를 위해 사회를 위해
나아가서 나라를 위해
정의롭게 살아야지.

농사짓는 선비로

농사짓는 선비의 손자로
호남 삼절(三絕)의 손자로
태어났으니
나도 당연히 농사를 지으며
강의를 하며 선비로 살아야지
지조 있는 선비로 살아야지.

등불

탑골 작은아버지는
선비는 아니지만
마음씨만은 착한 어른이었지
명절날 정월 보름날에는
꼭 우리 집에 와서 등불을 켜주지.

장서상 선배

장서상을 탄 선배가 있다
책장에 빼곡히 채워져 있다,
그 많은 책들이 부러웠다.

『아름다운 책들』이라는
책을 예쁘게 펴낸 적도 있다,

고등학교 선배이신데
90이 넘은 아직도
건재하시다
부인과 함께 건재하시다.

문화상을 받은 바 있다

전주상공회의소 5층 강당에서
문화상을 받은 적 있다,

아내는 그때 흰 저고리
보라색 치마를 입었다
내가 봐도 예뻤다

아내가 예뻐 보이면
박수를 쳐달라고 청중들에게
웃으며 말하기도 했다.

산다는 것

산다는 건 어찌 보면
죽어가고 있는 과정이지,

세속에 시달리며
아프게 가슴 아리게 살다가
죽어가는 과정이지.

달아 (2)

내가 좀 더 처절하게 되었을 때
좀 더 절망으로 휩싸여 있게 되었을 때,

달아
30년 만에 또다시 밝은 달아,

그런 날엔
네가 더욱 처절하게 불 밝혀오는구나,
네가 더욱 절망으로 불 밝혀오는구나.

행복한 동행

'행복한 동행' 이라는
건강원이 있다,
우리 부부는 매일 행복한 동행을 한다,

62년을 해로하며
동행할 수 있는 것이
감사한 일이다,

친절한 직원들의
도움으로
우리 부부의 노년이 즐겁다.

돌과 돌

일억오천 년쯤 됐다는
돌 하나를
해운대 어느 모랫벌에서 주웠네.

불교시인 박희선 선생이
내 집에 와서 감정을 하더니
이 돌이 신발 같다며
'이와 똑 닮은 돌 하나를
다음 어느 날엔가 만나게 될 거네'
라고 말씀 주셨네.
그 당시엔 정말 알쏭달쏭한
말씀이었지만,

그런데 신도시로 이사 온 어느 날
공사장 모래 더미 속에서
꼭 닮은 돌을 만나게 되었네.

인연이란 이런 것인가?
오늘도 그 돌을 보며 박희선 시인의 말씀을
생각나기도 하네.
두 켤레의 신발 같은 그 돌을.

제4부

천년의 바람이 되어

죽편

고향 마을에 가면
집 뒤안에 대나무밭이 무더기로 있었네.
참새 떼들이 무더기로 와서
즈네들 말로 지줄대고 있었는데
그 말들이 내게는
“참 좋은 세상, 참 좋은 세상……”
이라 말하는 것 같았네.

그대는

— 오계명(五戒銘)

높게
그러나 아주 높아져버리진 말고
높아지려는 마음이게,

깊게
그러나 아주 깊어져버리진 말고
깊어지려는 마음이게,

넓게
그러나 아주 넓어져버리진 말고
넓어지려는 마음이게,

밝게
그러나 아주 밝아져버리진 말고
밝아지려는 마음이게,

그러나 그러나 아름답게
아주 아름다워져버리진 말고
아름다워지려는 마음이게
살아주 그대는.

산길 인생길

산은 말합니다.
비탈길 오르는 동안
헛디디지 말라고.

세상은 말합니다.
인생길 오르는 동안
헛디디지 말라고.

발자국 (2)

발자국이라도 남겨두고 가야지,
내 [illegible]의 눈길 속에
내 겨울의 눈길 속에.

발자국이라도 남겨놓고 가야지,
바람 부는 바닷가에
내 개울의 바닷가에.

먼 거리에서 보면
발자국은 보이지도 않지만.

드넓은 세상에서 보면
그 역시 보이지도 않지만.

가을에 (2)

가을엔 낙엽 떨어진 산길을 걷겠습니다.
무엇인가 잃어버린 게 있는 것 같아서
낙엽길 걸으며 생각해보겠습니다.

가을엔 황혼이 물드는 산길을 걷겠습니다.
문득문득 시가 떠오를 것 같아서
저녁노을 길 걸으며 생각해보겠습니다.

아아 나의 가을이여
이제는 나의 인생도 늦가을이 되고,

가을엔 낙엽 떨어진 산길을 걷겠습니다.
나뭇잎 붉게 익어가고 과일이 농익어가듯
농익어가는 시 한 편 꼭 쓰겠습니다.

겨울 장미

뜰의 장미가 겨울 추위 속에서도
꽃을 피우고 있네요.
날카로운 가시로 추위를 밀어내며
피우고 있네요.

그래그래
추위 밀어내는 뜻을 우리는 알지,
가슴에 품은 가시로
추위를 밀어내며
꽃을 피우고 있는 그 붉은 뜻을
우리는 알지.

천년의 바람이 되어

천년의 바람이 되어
저승 어디쯤인가 가리
내가 무엇인지, 무엇이 되어갈 것인지
어디쯤 갈 것인지는 모르지만,
아마 천년의 바람이 되어 떠나리.

갈대밭으로 서걱거리는 갈대밭으로
검은 비 내리는 공동묘지의 잔디들을
쓰다듬기도 하고,
때로는 사막의 모래바람이 되어 가야 하리.

그러나 아직도 남아 있는 눈썹달을
찾아가리
허리 굽은 고갯길도 넘어
허리 굽은 들판도 넘어

하여간 어디쯤 가서

가서 꼭 이제 허리 굽은 눈썹달을 만나리.

고요한 저녁

저 서편 하늘에 붉은 태양이
붉게 물들고 있다는 것만으로도,

봄 여름 가을 겨울 사계절이
기적처럼 유지되고 있다는 것만으로도,

그 얼마나
행복한 일인가.

저 푸른 하늘에 흰 구름이 솜처럼
떠돌고 있다는 것만으로도

새들이 푸른 하늘을 자유롭게
날고 있다는 것만으로도,

그 무엇을

더 바랄 것인가.

6 · 25를 상상하고 우크라이나 사태를 보듯
포탄이 불바다를 이루지 않는 것만으로,

전쟁이 이 땅에 터지지 않고,
하루의 고요한 생활
고요한 저녁을 맞을 수 있는 것만으로도.

시는 왜 쓰나

시는 왜 쓰고
고치나,

지우개로 고치고
또 고치나,

행여 내가 흔적도 없이
사라질까 봐,

어느 눈에 시리도록
다가설까 봐.

어떤 시인이 될까

지금 시인이 되어 있다지만
문단의 말석에 있는 시인이다,

그러나, 누구처럼 막걸리 마시며
떠도는 시인이 아니라
정직한 시인이 되어야지.

비

비가 내리네
내 가슴속에 비가 내리네.

이유도 없이
비가 가슴속에 내리네.

라일락

겨울철에 가지 끝에서
라일락이 봉우리를 보인다,

싸락눈이 내리는데도
바람 속에서 핀다,

겨울을 이기고
봉우리를 보인다.

은어

시인은 원래 은어를 좋아하지만,
은어(隱語)가 많은 세상은
분명 좋은 세상은 아니지.

마치 섬들이 바다 밑에선 서로
연결돼 있는 것처럼
요즘 세상은 왜
은어가 물밑에 그렇게 무성한지
연결돼 있는 은어들은
왜 그리 많은지.

하기야 왕조시대에도
은어가 무성했던 시대는
더러 있었던 것을 우리는 알지.

그리고 그런 시대는 분명

좋은 세상은 아니었다는 걸
역사에서 배워 알고 있지, 우리는.

여든 무렵에

되도록이면 고목나무들이
푸르스름하게 새순 돋는 모습을 바라보라.
되도록이면 낙엽이 지는
가을 숲에 들지 말라.

곡절이 많은 우리들의 생애
되도록이면 라일락이나 모란꽃
맑게 웃는 모습만을 바라보라.

행여라도 상사화나 붉은 장미
너무 붉은 영산홍들은
외면하고 살라.

작품 세계

현자의 세계에 이르러

홍 기 삼

문학평론가 · 전 동국대 총장

송하선의 시는 어떤 격정도 낮은 목소리로 잠재우면서 그것을 순결한 서정의 세계로 치환하는 부드러움을 만들어내고 있다. 그러나 그 아름다운 서정은 이승에서 저승에 걸쳐 존재하는 생명의 논리를 토대로 하며 세계에 대한 인식과 시인의 외부를 온통 내부로 불러들이는 서정적 자아화의 과정이 그래서 더욱 그 깊이를 획득한다.

그의 시는 특히 생명파 시인들의 계보를 진지하게 계승하면서 그것을 한 단계 더 세련시킨 것으로 판명된다.

자연에 대한 아름다운 개안, 삶에 대한 통찰과 관용

의 정신, 깊고 그윽한 명상과 관조를 통해 이 시인은 마침내 자연과 삶과 죽음을 통합적으로 인식하는 현자(賢者)의 세계에 이르러 있음을 넉넉하게 알려주고 있다.

제5시집 『가시고기 아비의 사랑』(2002) 뒤표지에 수록

우리 가슴에 향기처럼 오래 남아

허 영 자

시인 · 현 성신여대 명예교수

송하선 선생의 시는 따뜻하고 긍정적인 시선으로 사물을 이해하고 노래하는 시이다. 현실에 대한 민감한 반응, 예리한 관찰과 비판, 불의와 부정을 고발하고 저항하는 개결한 정신의 발로가 시 또는 시인의 한 역할일 수 있다면, 애정과 연민 동정과 포용으로 인간과 사물을 바라보고 긍정하는 자세 또한 중요한 한 기능일 수 있겠다. 아니 어쩌면 그러한 시선이야말로 가장 기본적인 시의 존재 이유가 아닐까 한다.

송하선 선생의 작품에서는 시의 본질과 맞닿아 있는 아름다운 정서를 만날 수 있으며, 인간과 사물을 관조하는 따사롭고도 맑은 눈을 또한 만나게 된다. 그리고 이러한 작품이 주는 공감과 감동력을 우리 가슴에 향기 처럼 오래 남아 있으리라 믿는다.

제4시집 『강을 건너는 법』(1998) 뒤표지에 수록

담담함, 혹은 허허로움
— 송하선의 시세계

장 석 주
시인 · 문학평론가

송하선 시인의 시세계는 소월(素月) 김정식(金廷植)으로부터 미당(未堂) 서정주를 거쳐 박재삼으로 이어지는 전통 서정시의 계보에 속한다. 송하선의 시들은 우리 시를 휩쓸고 지나간 민중시도 아니요, 해체시도 아니요, 생태시도 아니다. '나'의 개체적 삶의 경험에서 길어내는 소박하고 조촐한 서정시의 세계다.

개체의 경험 중에서도 숭고하고 장엄한 것보다는 자연이나 가족, 이웃, 나날이 일상과의 교섭에서 이루어지는 하찮고 사적인 경험들이 압도적으로 많이 쓰인다. 우선 그이의 시들은 삶으로부터 나오는 정한(情恨)의 세계를 주로 노래한다.

한평생 매미처럼
서투른 노래만을 부르다가
이승을 하직한 그 사람
그 사람이 사라지는 뒷모습을
너는 보았느냐

그것이 노래인지 노래 아닌지도
모르면서,
많은 사람들의 가슴에 닿을
피리 소리가 그 노래 속에
있는 건지 없는 건지도 모르면서,
그 노래가 허공으로
재가 되어 공염불이 되어
사라지는 줄도 모르면서,

애간장이 터지게 노래 불렀던
그 사람,
온 생애를 신들린 듯
시를 읊조렸던 그 사람,

그 사람이 사라지는 뒷모습을
매미야

노래 부르는 너는 보았느냐.

—「매미의 울음 (1)」

「매미의 울음 (1)」은 시인으로 한평생을 산 자신의 처지를 '매미'에 빗대어 돌아보는 시다.

어쩌면 시인은 생물학적 노년기에 접어든 자신의 인생을 돌아보며 생산과 건설보다 시를 짓고 읊조리며 살아온 자신의 삶에 한 점 회한을 갖고 매미 같다고 느꼈을지도 모른다. 송하선 시인의 다른 시편들이 그러하듯이 이 시도 특별한 사회적 감각이나 윤리적 기율보다는 지나버린 생에 대한 관조에서 빚어진 덧없음을 노래한다. 그 덧없음은 노래들이 허공 속에 재가 되어 사라져버렸기 때문이 아니라 그게 "사라지는 줄도 모르고" "애간장이 터지게" 노래를 불러왔다는 사실로부터 연유한다. 무지는 어리석음을 낳고 그것은 마땅히 반성의 까닭이 되는 것이다. 그렇다 할지라도 한여름철 나무에 달라붙어 "애간장이 터지게" 울어제끼는 매미를 어리석다고만 할 수 없다. 매미의 울음은 생물적 개체로서 부여받은 신성한 생의 소명인 것이다. 그것은 일에 지친 사람에게 청량한 위로가 되었을 수도 있다.

절대고독이 무엇인지
그 쓰라린 황야를 날아본 사람은 안다.
채워도 채워도 채울 길 없는
날아도 날아도 안식의 나래 접을 곳 없는
그 바람 부는 허기 속을
날아본 사람은 안다.

꽃밭을 찾아 나비가 날듯
영원 허공을 떠도는
이 지상의 허기진 존재들은 안다.
그 스스로도
꽃비 내리는 마을을 찾아가는
한 마리의 쓰라린 나비라는 것을.

—「나비」

「나비」와 같은 시는 직설의 어법으로 인생에 대한 감회의 일단을 털어놓는다. 크고 작은 문제를 안고 있는 인생의 하중(荷重)에 짓눌린 상태에서 행복을 느끼기란 쉽지 않은 일이다. 그 행복이 "물안개 자욱한 강 건너 저 마을/아내가 사립에서 기다리고 있다는 것/그래도 깃들일 수 있는 둥지와/어느 만큼의 양식과/낯익은 시집 몇 권/그대 곁에 놓여 있다는 것"(「강을 건너는 법」)에서 토로하듯이 소박하고 작은 것이라 할지라도 쉬운 일이 아니다. 송하선 시인에 따르면 인생이란 '쓰라린 황야를 걸어가는 것'이다. 수많은 서정시인들은 인생을 빗대 고단한 여행길이라고 말하고 그 객수(客愁)를 노래해 왔다. '절대 고독'은 그 객수의 한 일단이다. "채워도 채워도 채울 길 없"고, "날아도 날아도/안식의 나래 접을 곳 없는" 인생의 "허기(虛氣)"에서 그 절대 고독은 연유한다. 우리가 그 절대 고독에 공감하는 것은 그것이 인생을 깊이 관조한 자의 마음 바탕에서 나오는 짙은 애수가 서려 있기 때문이다. 부득이 구차한 삶을 꾸리지 않았더라도 인간이 "꽃밭을 찾아 나비가 날듯" 불가피하게 "영원 허공을 떠도는" 존재임을 깨닫는 존재라면 느끼는 그 절대 고독인 것이다. 그 절대 고독은 송하선 시인의 시세계의 후경(後景)이라고 할 수 있다.

그것은 자연으로 다시 돌려보내는 일이다
아니다 아니다 그것은
수천 마리 독수리의 매서운 입 속으로
보내는 일이다
독수리의 입 속으로 피 속으로 들어가서
더더욱 매서운 독수리로 부활하도록

하는 일이다

그리하여 매서운 독수리로 하여금
죽은 시체들을 또다시 먹게 하는 일이다
왕성하게 먹고 왕성하게 똥을
누게 하는 일이다
눈 똥은 다시 거름이 되고 그 거름은
다시 새 생명을 탄생하게 하는 일이다
아니다 아니다 그 새 생명을
사람의 입 속으로 다시 보내는 일이다

사람의 입 속으로 피 속으로 들어가
부활한 사람 독수리로 하여금
죽어간 생명들을 시체들을 먹게 하는 일이다
왕성하게 먹고 왕성하게 똥을
누게 하는 일이다
눈운 똥은 다시 거름이 되고 그 거름은
다시 새 생명을 탄생하게 하는 일이다
사람 독수리의
새 생명을 또다시 탄생하게 하는 일이다

—「풍장」

'티베트의 풍장 모습을 보고'라는 부제가 붙어 있는

「풍장」은 나고 죽는 생명의 자연스런 순환의 고리를 말한다. 죽음을 말할 때조차 불필요한 감정의 낭비를 억제하며 담담한 어조로 노래할 줄 아는 시인이야말로 품격 있는 시인이다. 우리는 살면서 여러 현실적 곤란을 겪는다. 존 쿠퍼 포이스는 존재가 겪는 현실적 곤란들이 '상실, 궁핍, 질병, 신경질적인 흥분, 격정과 질투, 혐오와 악의, 잔혹과 야수적 행위, 무료, 자기 탐구, 야심, 경박 모든 종류의 감기, 공복, 불결, 피폐, 불면증과 고통에 관계되는 것들'이라고 말한다.

우리가 원하건 원치 않건 간에 그런 현실적 곤란이 초래한 궁지에 몰려 허겁지겁 삶의 길을 달려와서 맞닥뜨리는 죽음 앞에서 허무감과 깊은 쓸쓸함을 느끼는 것은 자연스런 일일 터이다. 그러나 그 죽음을 눈앞에 두고 있는 시인의 어조는 의외로 담담하다.

시인은 죽음을 마치 무정물적인 것처럼 다룬다. 시체를 독수리의 먹잇감으로 방치하는 이국(異國)의 낯선 장례 풍습이 충격을 줄 수도 있었을 텐데, 시인은 그저 죽음이 '자연으로' 다시 되돌아가는 것이라고 노래한다. 죽음과 삶은 한 몸이다. 순환하는 것이다. 그래서 소멸은 소멸로 끝나는 것이 아니고 다시 새 생명을 얻어 돌아온다. 어쨌든 죽음을 뒤집어서 새로 태어날 생명을 그리고 있는 이 시를 물들이고 있는 평화, 혹은 '축복 받은 고요한 정조(情調)'는 인상 깊은 것이다.

늙은 소 한 마리가 우시장으로 갑니다
제 살점 팔리는 곳을 향해 묵묵히 갑니다
고삐 쥔 주인은 가는 곳을 알 테지만
가는 곳을 모르는 채로 소는 그냥 갑니다

서편 하늘에 물드는 저녁놀이 곱습니다.
물 안개가 강물 위에 희부옇게 흔들립니다
성자(聖者)처럼 묵묵히 늙은 소가 갑니다
저승길 가는 길도 아마 저런 듯 싶습니다.

—「늙은 소가 가고 있네」

한 무리의 새떼들이
저녁놀 속으로 날아갑니다
아내와 자식들을 찾아
가물가물 날아가고 있습니다.

새떼들이 찾아가는 곳은
숲속의 안식의 집이겠지만
그들은 집이 온전히 남아 있는지

가족들은 무사히 잘 있는지
어떻게 되었는지
모르는 채
가물가물 찾아가고 있습니다.

지금 그들이 집에 돌아가면
어쩌면 토악질을 하게 될지도
모릅니다. 오늘 그들이 주워먹은
곡식들 물고기들 때문에
어쩌면 토악질을 하게 될지
남은 생애는 어떻게 될 것인지
모릅니다

한 무리의 새떼들이
저녁놀 속으로 날아갑니다
그들은 집이 온전히 남아 있는지
남은 생에는 어떻게 될 것인지
모르는 채

가물가물 날아가고 있습니다
저녁놀은 무심히
뉘엿뉘엿 저물어가고 있습니다

—「새떼들이 가고 있네」

두 편의 시에서 두드러지는 감정은 어디론가 '간다'는 것, 즉 존재의 이동이 일으키는 정서다. 사람은 모태로부터 무덤으로 나아가는 존재다. 삶은 세월과 함께 어디론가 가는 것이다. 앞의 시는 우시장을 향해 묵묵히 나아가는 소를 노래하고, 뒤의 시는 숲속의 집을 향해 날아가는 새떼를 노래한다. 두 편의 시의 공통적인 시간 배경은 서편 하늘이 '저녁놀'에 물든 시간이다. 말할 것도 없이 이는 인생의 황혼기에 대한 은유이다. 시인은 제 살점을 팔러 가는 우시장을 향해 말없이 나아가는 소의 무사무욕(無私無慾)한 행보에서 '성자'의 모습을 본다. 아마도 시인은 욕망에 휘둘려 허겁지겁하거나 불투명한 미래에 대한 두려움 때문에 갈팡질팡 흐트러지는 발걸음을 경계하며 살아왔는지도 모른다.

저녁놀을 배경으로 제 주인과 함께 우시장을 향해 묵묵히 걸어가는 소에게서 뜻밖에도 저승길을 향해 나아가는 삶의 태도를 암시받았을 수도 있다. 소야말로 철저하게 자연의 리듬에 순응하는 삶을 사는 동물이다. 자연 속에 사는 모든 생명들은 다 저마다의 리듬을 갖고 산다. 식물은 절기에 맞춰 꽃망울을 터뜨리고 열매를 맺는다. 유독 사람만이 고소득과 눈앞의 성과를 위해 그 자연의 리듬을 위반해 과속의 삶을 산다. 속도에 대한 광기 어린 신념은 필경 재난을 부른다. 바로 광우병이 그 극단적인 예이다. 광우병이란 식물성의 식성을 타고난 소에게 더 빨리 더 높은 수익을 올리기 위해 고농도의 동물성 사료를 먹인 까닭에 생긴 질병이다. 인간은 지금보다 더 느리게 살 필요가 있다.「늙은 소가 가고 있네」는 소와 같이 남은 인생의 시간을 살고 싶은 시인의 은근한 내적 소망이 평이한 어조 속에 담담하게 배어 나오는 시다.

느림의 삶이란 "잃어버린 어제의 질서"(「금강산별곡」) 안에 고요히 안기는 일일 것이다. 아마도 "직선으로 돌진하지 말고/우회하여 가는 것이 바른 길"(「분수를 보며」)이라는 삶의 지혜를 잠언으로 빚은 시구는 소의 행보에 대한 사유가 맺은 결실일 터이다. 인류는 산업혁명 이후 직선적인 진보의 궤도 속으로 진입해 대량 생산과 대량 소비로 이어지는 상품 소비 사회를 새로운 환경으로 받아들이며 많은 것들을 잃어버렸다. 전례가 없는 생산력의 확대로 물질적 부와 잉여의 시간을 향유하게 되었지만 자연 생태계가 파괴되고 근본적인 마음의 평화 같은 것을 잃어버린 것이다. 새삼스럽게 자연과의 조화를 강조하는 느림의 가치에 대한 재발견이 호응을 얻는 것도 다 그런 맥락 때문일 것이다. 자연과의 조화를 일구며 느리게 사는 삶의 방법과 태도는 처벌의 대상이 아니라 마땅히 기리고 추구해야 할 '바른 길'인 것이다. '소'를 주인공으로 내세운 또 다른 시편「멍에」에서 형틀을 짊어진 채 골고다의 언덕을 묵묵히 나아간 예수 그리스도에 비유한다. 시인은 이렇게 쓴다. "그러나 누가/횃불 같은 눈으로 맥진하는/소의 고독을 알 수 있으랴./사랑하던 자에게 제 살과 피를 먹이는/성자(聖者)와도 같은 고독을/그 누가 알 수 있으랴."이것은 절대적 희생이고 헌신이다. "다만 멍에를 질 뿐/멍에를 지는 이유를 말하지 않는다." '소'가 구현하는 그 희생과 헌신의 삶을 우러르는 시인은 일체의 구차한 것, 변명을 탐탁지 않게 여긴다.

저녁놀 진 서편 하늘을 날아가는 한 떼의 새를 바라보며 느낀 감회를 적고 있는 뒤의 시편은 보다 일상적이다. 날아가는 새들을 보고 "그들은 집이 온전히 남아 있는지/가족들은 무사히 잘 있는지/어떻게 되었는지/모르는 채/가물가물 찾아가고 있습니다"라고 일상 속에 잠재된 불확실성과 위험들에 대한 걱정을 적음으로써 간접

적으로 태평스럽지 못한 세월을 건너온 시인의 삶을 엿보게 한다. 하루 일과를 끝내고 안식의 집으로 돌아가는 길에서 아내와 자식들은 다 별일이 없는지, 집은 제대로 무사한지를 걱정하는 것은 기우에 지나지 않은 일인지도 모른다. 비약일지 모르지만, 나는 시인의 삶을 관통하고 있는 해방과 분단, 전쟁과 혁명, 피의 항쟁과 민주화라는 거친 과정을 이어온 역사가 한 개체의 무의식 속에 새겨놓았을 가족과 일상의 안위에 대해 무시로 파고드는 걱정들을 떠올린다. 그것은 기우가 아닌 것이다.

겨울나무들이 모두들 제 홀로 깊게 명상하는 자세를 취하고 있습니다. 마른 나무 어깨 위에 까마귀 떼를 앉혀놓은 걸 보니, 아마 죽음 같은 것에 대하여 명상하는 모양입니다.

겨울나무들이 모두들 제 홀로 깊게 기도하는 자세를 취하고 있습니다. 검은 구름을 몰고 오는 눈보라가 멎을 기미를 보이지 않고 있으니, 아마 구원의 손길을 달라고 기도하는 모양입니다.

아직도 겨울나무들이 눈을 부릅뜨고 서 있습니다. 산비탈 저쪽엔 진눈깨비가 아직도 안개처럼 깔리고 있습니다.

> 겨울나무들이 모두들 제 홀로 깊게 침잠하는 자세를 취하고 있습니다. 산비탈 내리는 진눈깨비 속엔 아직 산까치들이 날아오고 있으므로, 겨울나무는 내일을 기다리며 인동의 시간을 침잠하는 자세로 서 있는 모양입니다.
>
> —「겨울나무」

이를테면 제 마른 어깨 위에 까마귀 떼를 앉혀놓고 "홀로 깊게 기도하는 자세"를 취하고 서 있는 '겨울나무'는, 시인이 문득 성자를 보았던 '소'와 겹쳐지는 시적 이미지다. '소'의 이미지의 식물적 변용이 '겨울나무'인 것이다. '겨울나무'는 눈보라가 멎을 기미가 없는 한겨울의 궁지 속에서 현실의 수난을 고스란히 견디며 "인동의 시간"을 살아내는 성자인 것이다. 성스러움을 깡그리 탕진한 이 세속의 시대에 '소'나 '겨울나무'와 같은 미물에서 성자의 삶을 읽어내는 시인의 마음은 인간의 편견과 오만으로부터 저만치 벗어나 있는 드물게 보는 겸허하고 순수한 마음일 터이다. 시인은 또 다른 시편「나목」에서 "모든 욕망을 털어버리고/지워버려야 될 것을 모두 지워버리고/떠나보내야 할 것을 모두 떠나보내고/부질없는 사랑도 부질없는 흔적들도/모두 다 털어버려야 된다는 것을/바람결에 떠나 보내야 된다는 것을" 가

르쳐주는 존재라고 말한다. 시인은 '나목'에서 무소유를
추구하는 탁발승(托鉢僧)의 모습을 읽어내는 것이다.

이 세상에 태어나는 순간부터
나의 손은 무언가를 붙잡으려고 했네.
누군가의 손길이 닿았을 때
처음 움켜잡으려고 했을 때부터
내 손의 이별의 역사는 시작되었네.

나의 손이 이별의 역사라는 것을
상실의 역사이며 놓아줌의 역사
버리고 떠남의 역사라는 것을
오늘은 새삼스레 생각하게 되는구나.
무엇인가 움켜잡으려고만 했던
그것이 바로 슬픔의 근원이라는 것을.

때로는 이 손으로 그리운 이를
붙잡으려 했고, 때로는 이 손으로
그리운 이를 놓아주었고
때로는 담담하게 때로는 허허로이
내 손이 확인한 그 많은 이별의 순간들.

모처럼 다냥한 겨울 한낮에

마디 굵은 손을 보며 호젓이 앉으니,
유리창엔 아른아른 성에가 피고
성에 핀 유리창 밖엔 그 많은 슬픔의
이별의 얼굴들이 보이는구나.

어떤 이는 슬픈 눈빛으로
어떤 이는 행복한 얼굴로
어떤 이는 천치 같은 모습으로
아지랑이처럼 아른아른 보이는구나.

이별한 사람만 아른아른 보일 뿐
나의 손이 진실로 붙잡은 이는
이 세상엔 아무도 없구나.
나의 손은 원래부터 빈손이었구나.

—「손」

「손」은 송하선 시인의 특징을 두루 보여주는 시편이다. 어렵지 않은 구문 속에 인생의 소박한 진실을 담아내려는 노력이 "이 세상에 태어나는 순간부터/나의 손은 무언가를 붙잡으려고 했네"와 같은 구절을 빚어냈을 것이다. 대지의 어머니로부터 떨어져 나왔을 때 인간은 살기 위해 손을 뻗어 무언가를 움켜쥐었을 것이다. 무언가를 붙잡으려는 손은 곧 실존적 기투(企投)에 대한 좋은 은유이다. 우리는 먹고살기 위해 일해야 한다. 일을 한다는 것은 손을 쓴다는 것이다. 산다는 것은 손을 뻗어 이 세계로부터 무엇인가를 쟁취하려는 욕망과 충족의 변증법적인 체계에 지나지 않는다. 그리하여 손이 일궈내는 역사는 "상실의 역사이며 놓아줌의 역사/버리고 떠남의 역사"이고 이것은 곧바로 삶의 역사에 겹쳐지는 것이다.

시인은 유리창에 성에가 끼고 햇빛이 따뜻한 겨울 한낮에 제 손을 물끄러미 들여다보며 지나온 생을 반추한다. 손은 근원적이고 전체적인 삶의 역사를 하나의 근경(近景)이자 축도(縮圖)로 보여주는 것일 게다. 그 손이 움켜쥐고 있는 구체적인 개별적인 삶의 뜻을 되새기는 행위는 고즈넉하다. 이것은 자기가 자기 안에서 자기를 보는 행위에 속한다. 즉 '낯섦/불안, 어두움의 경험을 친숙함/안심/밝음의 경험을 전환하는 것'이다. 시를 쓰는 행위도 인간의 경험을 어두운 것에 밝은 것으로 낯선 것에서 친숙한 것으로, 전환하는, 즉 주체화하는 행위의 한 범주에 드는 일이다. 그러나 이것도 살아있는 동안에나 가능한 일이다. 시인은 "살아간다는 것은/마침내/하나의 섬(島)으로 남는 일입니다."(「섬 1」)라고 말한다. 단독자의 절대 고독 속으로 귀환한다. 그다음은? 손에 움켜쥐었던 것을 놓아주고 떠나는 것이다. 다시 말해 실재의 소멸을 가리키는 소실점을 향해 걸어가는 것이다. 삶은 그 이상도 아니고 이하도 아니다. 시인은 "이렇듯이 흘러가노라면/어디쯤의 시공(時空)에서/나는 부재(不在)일까"(「구름」)라고 쓴다.

평생의 시업을 기리고 정리하는 이 시집에서 시와 인생에 대한 시인의 태도를 가장 잘 축약해 보여주는 시구를 골라낸다면 다음과 같은 시구일 것이다. 시인은 쓴다. "꽃을 바라보듯/맑은 마음으로 눈을 모으면/노을이 물드는 저 강물도/한 송이 눈부신 꽃으로 보인다는 것"(「강을 건너는 법」). 꽃을 바라보듯 세계를 순정한 마음으로 바라보면 세계는 '눈부신 꽃'으로 다가온다. 여기서 강조되는 것은 아마도 평심서기(平心舒氣)를 품고 생을 일관되게 관조하며 살아왔을 시인의 마음이 마침내 도달한 긍정과 상생의 마음일 터이다.

「신의 언어」가 가장 좋아

中村日哲

일본 시인

건강하시고 활약이 많으신 모습이어서 저로서도 매우 기쁘게 생각합니다.

이번의 저서 『가시고기 아비의 사랑』을 보내주셔서 뭐라고 감사의 말을 하여야 할지 모르겠습니다.

반도(飯嶋) 씨의 번역으로 시를 전부 읽어보았습니다. 어느 작품 막론하고 훌륭하지만「신의 언어」가 가장 좋은 것 같습니다.

송 선생의 말씀을 자주 듣습니다. 하나의 번득임도 영감(靈感) 같은 느낌입니다. 무궁화 통신에 선생님의 시가 실리면, 언제나 반도(飯嶋) 씨에게 "송 선생님의 작품은 무척 품격 있고 멋있군요"라며 서로 이야기하고 있습니다.

전주의 호텔에서 전해 들은 선생님의 대선배님(신석정의 시세계)시의 내용도 무척 인상에 남아 있습니다.

10월 하순에는 이쪽으로 오신다니 저는 지금부터 가슴이 두근거리고 마음으로부터 기다려지고 있습니다.

그럼 전주에서 신세진 임 선생님, 두 분의 최 선생님, 김 선생님들께도 안부 전해주시면 고맙겠습니다.

2002년 8월 16일

中村日哲 드림

宋河璇 先生

お元氣でご活躍の樣子にて私にとっても大變うれしく存じます.

このたびご著書「魚の愛」をお送りいただきまして有難く厚く御禮申しよげます.

飯嶋さんの譯での詩を全部讀ませていただきもした. どの作品もすばらしいのですが. 「神が與えてくれ

る言葉」が一番好きです.

私も神の言葉をよく聞きます, 一つのひらめきともインスピレーションのような感じのものてす. いつもむくげ通信で先生の詩が載りますと.

飯嶋さんに「宋先生の作品はとっても上品で佳いですね」と話合っておりますよ.

全州のホテルでお聞かせいただいた先生の縁者の大先輩の詩の内容もとても印象に残っております.

十月下旬にはこちらへお越しいただくそうで私は今からわくわくしており.心よりお待ち申しあげます.

さて全州でお世話にたりました林先生. 崔先生(お二人)金先生たちへよろしく申し傳えていただければ幸いてございます.

인간애와 민족애를 느껴
—「금강산별곡」을 읽고

津田眞理子
일본 시인

宋河璇 様

お元氣でしようか.

交流會でお目にかかれて嬉しく感謝いたします.

折角お出で下さったのに兩の日となり肝心の交流會も日本の人たちの發表に時間をとうれ. 私はノもっともっと韓國の皆様の聲が聞きたかっただけに. 皆様方に申譯ない思いと大變殘念にも感じました.

宋先生とはじめ韓國の方々の日本の詩についてほどほどきっと時間があればお話し伺うことがでさたのでほと.

これは私個人の感想ですが.

少し飯嶋さんに見習って一月から本とテープでハングル(韓國語)を勉強しようと思つています. 日本語さへむずかしいのにこの年齢の私がですが飯嶋さんに勵まされています.

ですから私にとっろくば通信は毎日バワグに入れ持ち歩いています.

宋先生の詩かどれたけ心打たれ詩について學ばされるのみでなく生きる姿勢を見つめさせられます.

そうゆう意味で韓國の詩人の私の存じあげている先生の詩に. 日本の詩とは違った, ぐんぐんひきうけられるものを感じます.

文化と文字をとおして民族と越えて. 神さまの愛を愛けいれ. 平和さ紡ぐ者でありたいと思います.

ずい分遅くなりましたが感謝の氣持をのべさせて頂きました.

寒さに向います.

御元氣であります様に.

2002. 3. 5.

津田眞理子

너무 기뻐 몇 번이고 몇 번이고 읽어

川本京子

일본 시인

생략하옵고

송하선 선생님, 너무 오랫동안 소식도 보내지 못하고 있었던 것을 용서해주십시오. 게다가 훌륭하고 소중한 시집을 보내주셔서 가슴이 뭉클해지는 것 같았습니다. 너무 기뻐 몇 번이고 몇 번이고 읽었습니다. 반도(飯嶋) 씨의 말씀에 따라 「무궁화 통신」의 시도 읽고 있습니다. 상냥하고 또 정열적이어서 제 자신도 고조되었습니다.

송하선 선생님

10월 말 ちょうし(쵸우시)에 오실 때 만날 수 있겠지

요? 기다리고 있습니다. 계속 어떻게 해야 좋을까 생각하며 지내고 있습니다. 정말로 감격과 감사의 기분으로 꽉 차 있습니다. 부끄럽습니다만 그 기분의 일부를 나타내기 위해 시로 답례하고 싶습니다. 모임의 다른 사람 모두는 역시 책을 출판하거나 또 주도적인 입장에서 활약하고 있습니다. 저는 그저 참가자로 뭐랄까 꼬리를 붙잡고 있는 입장입니다.

정말로 송하선 선생님 책 고맙습니다.

꿈의 약속

한국에 가 이국을 바라보았다
흥미에 불안이 감돈다
습관도 인간의 성도 과거도
말은 윤활유가 되어 뒤를 밀어준다
잊지 못하는 4일간의 여행
말은 악수와 함께 따뜻하다
전진하여 가까이 다가가는 것을 보았다
즐거움의 한 가지가 시작되다
아아 이 교류의 인연
아아 참가하여 생긴 기쁨
아아 한국의 풍경과 정감

다시 만날 수 있는 꿈을 그려본다

시골길에 유채꽃 색깔의 하늘

평온한 나라, 한국

선명한 나라, 한국

사랑을 담아 계속 생각한다.

前略

宋河璇先生 大變の御無沙汰さ便りも出をずに居りました事を御許し下さい.

それに,立大切な,大切な詩集をお送り下さり胸が言吉まってしまいそうです.

本當に喜しくって.何度も何度も讀信せて頂きますした.

飯嶋さんの譯付きでしたので「むくげ通信」の詩も讀んで居ります.

心やさしく又, 情熱的で私自身も, 心が高なりました.

文化の交流や個人との心の開いた語らいは國境,も遠い近いも年齡も, 性別もどんどん親しさ, なつかしさが距離さ無くしてしまう様な氣か致しますした.

宋河璇 先生

十月末の來銚の折には. お目に掛れるのですね.

御持ち致して居ります.

ずっと,どうしたらよいかと思って暮して居りました.

本當に感激と感謝の氣持ちで一杯でございます.

お恥ずかしいのですがその氣持の一部を表わす爲に詩をもって御禮とさせて頂きます.

吠の會の,他の皆さんはやはり. 本を出したり又.主導される立場で活躍をしている方ばかりです.

私は, ただ, 參加者で, 何とか尻尾につかまっている立場です.

本當に宋河璇先生. 本をありがとうございました.

夢の續き

韓國に行き異國を眺めた,
興味に不安がつきますとう.
習貫も人間の性も過去も
音葉は潤滑油となって.
後押しをしてくれる.
忘れない.四日間の旅.
音葉は握手と共に暖かい.
前進して近づくのを見た.
樂しさの一頁が始まる.
ああこの交流の縁(えにし)

ああ參加して生れた喜こび.

ああ韓國の風情と情愛.

再會出來る夢を描き見る.

農道にあかれ色の空

安らぎの國. 韓國.

鮮かなる國. 韓國. 愛をこめて思ひ續ける.

(川本京子) H14.9.2 記

여든 무렵 자유인이 영원을 노래하다
— 송하선의 문학과 인간

전 정 구

문학평론가 · 전북대 명예교수

1

고희(古稀)를 10여 년 넘기다 보면 지나온 삶이 꿈속을 거닌 듯 아련하다. 시집 제목이 『몽유록(夢遊錄)』인 까닭이다. 송하선 시인이 여든 무렵의 시편들을 엮어 시집을 발간한다. 한 몸 거천하기도 어려운 나이에 시를 쓰고 그것들을 모아 '산수기념 시집(傘壽記念詩集)'을 낸다는 일이 보통 사람으로 쉽지 않다.

"우산이 되어줄 지혜" 없(「산수(傘壽)」)다고 시인 스스로 고백하고 있지만, 『몽유록』의 시편들을 관통하는 시심의 깊이나 그 속에 담긴 관조적인 삶의 자세를 헤아려볼 때 그렇지 않다. 그것은 겸양(謙讓)의 언사일 뿐이다. 릴케의 「가을날」을 읽으며 곱게 물들어가는 한 알의 과일처럼 "흠결 없는 남은 생애/어떻게 곱게 늙어갈까"(「여든 무렵의 시편」)를 고민하는 대목이 그러한 예이다. 「여든 무렵의 시편」에서 노시인은 자신의 생을 아름답게 장식하려는 고아(高雅)한 '천명(天命)의 몸짓'을 보여준다.

2

남은 생을 아름답게 가꾸려는 의식의 밑바닥에는 '노년의 고독'이 자리 잡고 있다. 한 인간의 심연에 가로놓인 그 고독을 스스로 견디는 일이 간단치는 않다. 그것이 '견고한 고독의 시인' 김현승의 「가을의 기도」를 송하선이 다시 읽는 이유이다.

내 인생의 여든 무렵
릴케의 시 「가을날」을 다시 읽어보네.
과일 한 알이 곱게 물들어가듯
흠결 없는 남은 생애
어떻게 곱게 늙어갈까를 생각하네.

여든 무렵에 다형(茶兄)의 시
「가을의 기도」를 다시 읽어보네

알몸이 된 나무 위의 까마귀처럼
늙은 시간의 절대고독을
어떻게 견딜 수 있을까를 생각하네.
아, 내 인생의 가을 무렵
뉘엿뉘엿 떨어지는 일몰을 보며
너무도 아쉬운 지상과의 작별,
어떻게 죽음의 순간
맞이할 것인가를 다시 생각하게 되네.

—「여든 무렵의 시편」

죽음과의 대면이 '나이와 직접 관계'되어 있는 것은 아니다. 그러나 생의 종점을 서성거리는 여든 무렵이 되면 그것은 일상사에서 자주 숙고의 대상이 된다. 석양에 지는 해를 보며 젊음의 뒤안길을 반추할 때마다 지상과의 아쉬운 작별을 고해야 하는 마지막 시간을 생각하게 되는 것은 당연하다. '죽음을 어떻게 맞이할 것인가'에 대한 답을 찾는 것이 노년 세대에게 부여된 과제이다. 송하선 시인에게 당면한 문제도 '노년과 죽음'이다. 바람직한 죽음은 훌륭한 생의 뒷받침이 없으면 불가능하다. 어떤 삶이 훌륭한가. 시인은 벌거벗은 겨울나무를 보면서 그 답을 찾아낸다.

바람 부는 언덕에 홀로 서서
너는 왜 그 옷을 벗어 던지는가를
너는 왜 그 열매를
바람결에 하염없이 떠나보내는가를,

타고난 몸짓 그대로
바람 속에 눈보라 속에 서 있는가를
여든 무렵 자연인의 자격이 되어
비로소
다시 눈 뜨며 바라보게 되네.

모든 집착을 벗어버리고
열매만은 남기겠다는 욕망을
훌훌 털어버리고
이제 신(神) 앞에 기도하듯 서 있는
너를 보면,

부질없는 욕망
허허로이 털어버려야 된다는 것을,
부질없는 사랑도
하염없이 떠나보내야 된다는 것을.

—「나목의 시」

'갈 봄 여름 없이' '천둥과 먹구름' 속에서 맺은 열매와 무성했던 잎들을 바람결에 하나씩 떠나보내는 나무의 모습은 천명(天命)의 몸짓과 다르지 않다. 자연 관찰을 통해 얻어낸 시인의 혜안(慧眼)이 여기서 빛을 발한다. 나무처럼 인간도 갈 때가 되면 모든 집착을 떨쳐버리고 부질없는 욕망과 사랑과 '그 사랑의 열매'마저도 바람에 날려버려야 한다.

소재 — 사물과 인간의 삶을 '어떻게 접목하느냐'의 문제는 작품성을 보장하는 관건이다. 겨울나무를 관찰하면서 송하선 시인은 생의 집착에서 벗어나 '부질없는 욕망'을 허허로이 털어버리고 자유인이 되어야 한다는 메시지를 우리에게 전한다. 젊은 시절부터 시인은 그러한 자유인을 꿈꾸면서 '불유구(不踰矩)의 경지'에 이르는 삶을 동경해왔다. 천이두가 「중용적 관조의 시학」에서 지적한 '순명(順命)'의 삶이 그것이다.

전생에 성자(聖者)였던 늙은 소의 모습처럼 그는 묵묵히 우보(牛步)의 삶을 여든 무렵까지 일관(一貫)하고 있다. 유가적 질서의 가지런함과 꼿꼿함을 몸에 익힌 가풍(家風)의 영향도 그의 삶에 작용했을 것이다.

밭을 가는 저 늙은 소(牛)는
아마 전생에 성자(聖者)였을 거다.
한평생을 노동으로
스스로를 불사르는 희생으로
묵묵히 묵묵히 이타적(利他的) 삶을 살았던,
아마 전생에 저 소는 성자였을 거다.

이승에 와서도
헛된 사람들에게 그걸 가르치려
골고다 언덕 십자가 짊어진 예수처럼,
마지막 한 점까지 불사르려고
머나먼 도축장으로
묵묵히 묵묵히 걸어갔을 거다.

—「저 늙은 소(牛)는」

한평생 노동으로 자신을 희생하고 마지막 순간까지 스스로를 바쳐 이타적(利他的) 삶의 전형이 되었던 늙은 소는, 인류의 죄를 짊어지고 골고다 언덕에서 십자가에 못 박힌 예수의 숭고한 생애를 떠올리게 한다. 시인이 소를 성자에 비유한 이유가 여기에 있다. "마지막 한 점" 살마저 인간에게 보시하고 이생을 하직하는 소의 이미지가 여러 모습으로 변용되어 송하선 시에서 자주 등장한다. 그것은 마치 그의 또 다른 분신 — 자화상처럼 그의 시편들에 각인되어 있다.

한 발 늦게 사는 사람
그게 바로 나일세.
세상살이 눈치나 보며
살지 않고
누구에게 살살거리지 않고,

소(牛)처럼 조금은 미련스럽게
세상을 보는 그런 사람,
묵묵히 묵묵히 도저(到底)하게
영원을 생각하는 그런 사람,

그러나 변덕 부리지 않고
학처럼 깨끗하게 살고 싶은
그런 사람,
한번 사귀면
끝까지 버리지 않고
끝까지 믿는 그런 사람,

항심(恒心)을 지니고 있는 그런 사람
그러나 현실살이에 둔감한

조금은 미련한
한 발 늦게 사는 그런 사람.

—「자화상」

이 작품에서 시인은 스스로의 모습을 언어로 형상화하고 있다. 소처럼 조금은 미련스럽게 세상을 보는 그런 사람이 송하선이다. 그러나 그는 "도저(到底)하게/영원을 생각하는 그런 사람"이다. '영원을 생각하는' 이 구절에서 우리는 송하선의 두 스승 중 하나인 미당 서정주의 문학적 생애를 떠올려볼 수 있다.

영원한 떠돌이 '80 소년'을 사모했던 송하선은 '끝까지 버리지 않고' 미당의 굴욕적 생애를 '위대한 시의 무당'으로 재탄생시켰다. 미당이 보여준 애정에 대한 보답을 잊지 않고 출판한 역저『연꽃 만나고 가는 바람같이 — 미당 평전』(2008)이 그것이다. 한의 지혜로운 극복의 결과인 영생주의와 '곡즉전'의 굽을 줄 아는 풍류를 그는 서정주의「상리 과원」과「내 영원은」에서 확인한다. 뿐만 아니라 송하선은 "돌아서 가거라/……/우리네 살아가는 일은/직선이 아니다/……/그대 돌아서 가라/……/돌아서 가는 슬기를 배워라/잠시 휘어질 줄 아는/저 난초에게서 담담히”(「곡즉전(曲卽全)」) 배우라고 ‘그윽한 정서가 깃든 언어’로 자신의 시에서 표현하기도 했다. 그리하여 그는 미당의 시편들이 ‘보배로운 우리의 정신문화 유산’임을 밝혀냈다.

떠돌이 자유인의 정신적 산책은 삶의 현실을 무시한 정신주의라는 비난의 여지가 있다. 그러나 이것은 곡해(曲解)이다. 곡즉전의 현실 대응적 슬기를 간과해서는 안 된다. 노년의 지혜로 통찰한 ‘곡즉전’의 논리로 송하선은 미당 서정주의 문학을 구원했다. 뿐만 아니라 미당 사후(死後) 세파(世波)의 조변석개(朝變夕改)한 비난을 몸으로 막아내며 ‘영원을 추구했던’ 그의 시심을 자신의 시문학으로 승화시켰다.

주술을 하듯 시로 말하고 싶었다.
시인은 ‘신과 인간 사이의 존재자’ 라던
하이데거의 말처럼,
귀신 곡하게 잘 쓰는 언어의 주술사가
되고 싶었다.

잠자던 귀신도 잠시 눈을 뜨게 할 만큼
주문 외우듯 시로 발음을 하고

상처 받은 자 마음 가난한 자의 가슴을
쓸어내려주는 시인,
그런 언어의 주인공이 되고 싶었다.

그러나 나는
그런 언어의 주인공이 될 수는 없다.
어떤 '시무당' 의 그늘에 가리워져 있었고,
그 그늘을 벗어나고 싶었으나
그 벽을 넘어서지 못하고 있었다.

뱉으면 시가 되는, 뱉으면 주술이 되는
그런 '시무당' 의 방언
영원 속에 존재할 부족의 방언
그것을 탐구하던 나는
결코 그 벽을 넘을 수는 없었다.

—「주술을 하듯」

세상사가 그렇듯이, 간절하게 구하면 찾아지고 두드리면 문은 마침내 열린다. 인간의 생활 세계에 뿌리 박고 있는 문학도 그렇다. '시무당'의 그늘에 가려져 있던 그가 '그 무당이 하늘로부터 부여받은 자연스런 그 몸짓을 닮아가는' 새로운 무당이 된 것이다. 그의 작품이 그

것을 증명하고 있다. 그러나 그 몸짓-언어 구사와 가락은 스승과 다른 그 자신의 가락과 언어 구사 — 몸짓으로 바뀌면서 송하선 스타일의 문학적 개성을 보여준다.

보이는구나, 내 지나온 시간,
이 나라의 그 많은 변곡(變曲)의 시간이
가물가물 보이는구나.
어린 날의 잠자리 날개처럼
격변의 시간이 가물가물 보이는구나.

부끄럽구나, 내 걸어온 시간,
질곡의 시대와 이 나라 격변의 나날
바라만 보며 바라만 보며
무엇인가 저만치 두고
소(牛)처럼 미련하게 걸어온 시간이
부끄럽구나.

어떤 이는 인생을 '소풍'이라 하고
어떤 이는 '소요유'라며 살다 갔지만,
모르겠네
나는 겨우 천명(天命)이나 생각하며
무엇인가 저만치 두고
꿈인 듯 꿈결인 듯 걸어왔을 뿐.

"미안하다 미안하다 미안하다"
이제 아득히 저무는 강물처럼
황혼 무렵이 되어 늙은 소년이 되어
부끄럽구나, 정말 부끄럽기만 하구나

—「몽유록 (2)」

이 작품에는 늙은 떠돌이 서정주 시인의 모습이 오버랩되어 있다. 그렇지만 유학자적 선비 스타일의 개성과 호흡에서 송하선은 서정주와 기질적(氣質的)인 차이을 보여주고 있다. "보이는구나, 내 지나온 시간,/이 나라의 그 많은 변곡(變曲)의 시간이/가물가물 보이는구나"와 "麝香 薄荷의 뒤안길이다./아름다운 베암……"(서정주, 「花蛇」)은 유사하면서도 다른 느낌으로 다가온다. 특히 두 시인의 작품 상당수에서 반복법이 빈번하게 등장한다는 공통점에도 불구하고 리듬과 호흡의 스타일은 각기 다르다.

"푸르게만 푸르게만…/부끄러운 열매처럼 부끄러운"(서정주, 「瓦家의 傳說」)과 "미안하다 미안하다 미안하다/이제 아득히 저무는 강물처럼"(「몽유록 (2)」)을 대비해도 마찬가지이다. "石油 먹은 듯…… 石油 먹은 듯……

가쁜 숨결이야"(서정주, 「花蛇」)나 "가시내두 가시내두 가시내두……/즘생스런우슴은 달드라 달드라"(서정주, 「입마춤」)나 "눈물이 나서 눈물이 나서"(서정주, 「가시내」)를 "묵묵히 묵묵히 걸어갔을 거다"(「저 늙은 소(牛)는」)나 "부끄럽구나, 정말 부끄럽기만 하구나"(「몽유록 (2)」)와 비교해도 동일한 결론에 이른다. 불필요한 듯하면서도 없어서는 안 될, 이 두 시인의 반복어의 사용은 시문학 이론으로 설명할 수 없는 리듬과 호흡과 자신의 문학적 스타일을 구현하는 개성적 효과를 창출해낸다.

이 모든 작품상의 스타일 — 기질이 미당의 생애와 송하선의 그것을 대변한다. 혹자는 두 시인의 시대 현실이 다르다는 사실로 이의를 제기할지 모른다. 그러나 그렇지 않다. 송하선도 "질곡의 시대로부터 변곡의 시간들을/돌고 돌아서" 왔다. "길도 없고 집도 없었던/그때 그 시간"(「머나먼 강물처럼」) '그 흔들리던 시간'들을 그는 "이끌어줄 목자(牧子)도 없이/어디론지 나아갈 방향도 없이"(「길 잃은 양 떼」) '길 잃은 양 떼'처럼 방황했다.

"데모 대열에 끼었던 4 · 19/그리고 학보병으로 입대했을 때/혁명 공약 외우라던 점호 시간,/아아 그날의 무등의 자유/짓밟히고 짓밟히던 날의 기막힌 암울"(「꿈인 듯 꿈결인 듯」)을 소처럼 되새김질하며 그는 침묵으로 견뎌왔다. "8 · 15, 6 · 25, 4 · 19, 5 · 16, 5 · 18/숫자만 나열하면 아른거리는"(「꿈인 듯 꿈결인 듯」) 그의 생애에서 '텃밭에 묻어둔 놋그릇 꺼내시며 울던 어머니의 모습'이 아른거리던 시기는 해방기였다. 그 어머니와 둘러앉아 '풀대죽 끓여먹던 그 시절'은 동족상잔의 비극이 벌어졌었다. 단순히 나열된 그 숫자들은 송하선 시인이 '머리로 상상하는 관념의 역사가 아닌, 몸으로 겪은 고난의 실제 역사'였다.

3

"담담(淡淡)한 속에 터전을 두고" 있는 송하선의 시편들은 "한국 선비의 담담한 걸음 그것이다."(이동주, 「학발대가(鶴髮大家)가 되기를」) "묵향(墨香)이 짙은 가문에서 태어나 글자 한 획 흐트러뜨리지 않는 절도(節度)를 배우고" "선비의 굳은 심성"을 익힌 "곧은 품성"(홍석영, 「외로운 영혼의 편력(遍歷)」)이 송하선 시심(詩心)의 밑바탕을 이루고 있다. 그 시심을 익히며 그는 팔십 노령(老齡)에 이르렀다.

늙는다는 것은 '외로운 섬'으로 남는 일이다. "세월이 갈수록 시간이 갈수록/홀로 우두커니 남아서/섬"(「늙어 간다는 것은」)이 된 시인은 무심히 석양의 해를 바라본다. 우두커니 앉아서 '평온하게, 더없이 평온하게' 외딴섬처럼 붉은 일몰을 온몸으로 영접한다.

내가 스스스 저세상에 갈 때
저 붉은 일몰의 순간처럼
평온하게, 더없이 평온하게
이승을 하직할 수 있다면,

밤 바닷물이 스스스 잠들듯
더없이 평온하게 잠들 수 있다면,

저 붉은 일몰의 순간처럼
아름답게, 더없이 아름답게
저 하늘이 목화솜처럼 물들듯
더없이 평온하게 스러질 수 있다면,

그리하여 그 어디 내생에서라도
그대와 함께 어느 별나라에
꽃처럼
다시 부활할 수 있다면,

얼마나 아름답고 눈부신 기쁨이랴.
얼마나 황홀한
윤회로서의 만남일 것이랴.

—「저 붉은 일몰의 순간처럼」

붉은 일몰의 순간처럼, 잦아드는 밤 바닷물처럼, 하늘의 목화솜 구름처럼 더없이 평온하게 스러지면 그것이 다시 아름답고 눈부신 부활을 기약하는 것이다. 어느 별나라에서 꽃처럼 부활하는 것이 황홀한 만남이고 윤회이다. 마지막 순간의 아름다운 삶을 그려보는 그 마음속에 스스로 젖어들면서 시인은 우두커니 앉아 섬이 되어 날마다 소소한 행복을 찾는다. 가을 산책길에 들꽃 한 송이와 눈 맞추는 그것도 그가 누리는 한순간의 작은 기쁨이다.

마음에 드는 돌 하나를 주워 들고
아내와 함께 집에 돌아온다는 것,
가을날의 산책길에
들꽃 한 송이 풀꽃 한 송이 눈 맞추는 것도
하나의 소소한 행복이다.

오늘 하루의 산책길에서는
세상의 속된 일이나 가난에 대하여
혹은 부자에 대하여, 궁핍에 대하여
말하지 않는다.
그저 자연인의 자격이 되어
맑은 마음이 되어 돌아오는 일이다.

오늘 하루 소소한 행복에 젖는 것은
속된 일에서 벗어나는 일이다.
이쁘게 잘생긴 돌 하나를 주워 들고
황혼녘 햇살 받으며
아내와 함께 집에 돌아오는 일이다.

—「소소한 행복」

자연과 더불어 소소한 행복에 젖어 소요유하는 시인도, '결핍을 안고 상실을 안고' 짧지 않은 여든 살을 꼿꼿이 견뎌왔다. "무언가 잊어버린 것처럼, 무언가/두고 온 것처럼/더러는 씁쓸하게 더러는 애틋하게"(「몽유록 (6)」) 그는 묵묵히 운명이 부여한 생의 '종착역'을 향해 소의 보법(步法)으로 가고 있다. "잔잔하면서도 도저(到底)한 형이상학(形而上學)들과 거기 맞추기에 무척 애쓴 흔적이 역연(歷然)한 우리말의 미학(美學)"(서정주, 「시의 영생(永生)이 두터웁게 더 두터웁게 되어 가기만을」)을 그의 시에 펼쳐놓으며, 송하선은 우보(牛步)의 걸음을 멈추지 않고 있다. 그러나 그는 "결코 가볍지만은 않은/황혼의 시간"에 과거의 "내 사랑과 내 죄업은/과연 무엇인가?"(「몽유록 (6)」) 자문하며 달이 흐르는 강물처럼 내생에서 다시 만날 그대를 기약하는 노년의 희망을 놓아버리지 않았다.

달이 은은하게 흐르는 강물처럼
그대와 함께 흐를 수 있다면
어디 내생에서라도 다시 만나
그대가 달이 되어 흐를 수 있다면,

은빛으로 그윽히 반짝이는 강물
산기슭을 휘돌아 흐르는 것처럼
달을 안고 은빛 물살 이루며
굽이굽이 휘돌아 흐를 수 있다면,

드디어 은빛 드넓은 바다에 닿아
눈먼 거북이가 나무토막 만나듯
바다에서 그대와 다시 만나
은빛 물살 이루며 함께 갈 수 있다면,

안개꽃처럼 은빛 물살 이루며
영원의 바다에 닿을 수 있다면
그대와 내가 안개꽃처럼
영원의 섬나라에 닿을 수 있다면,

—「달이 흐르는 강물처럼」

달이 흐르는 강물처럼 멈추지 않고 유유히 흐르는 노시인의 삶이 아름답다. 강의 물살처럼 송하선은 자연의 흐름을 삶의 리듬으로 받아들인 듯하다. 그가 동경하던 자유인의 삶을 누리며 그의 발자국이 닿는 그곳이 길이 되어 후학의 걸음걸이를 순조롭게 만든다. 이것 또한 노년의 삶을 이타적(利他的) 생으로 이끄는 '우보(牛步)의 지혜'이다. "자연과 삶과 죽음을 통합적으로 인식하는 현자(賢者)의 세계에 이르러 있음"(홍기삼, 「현자(賢者)의 세계에 이르러」)을 「달이 흐르는 강물처럼」이 다시 한번 일깨워준다.

소의 걸음에 비유되는 그의 삶을 오해해서는 안 된다. 그것은 일이관지(一以貫之)한 성실한 선비적 보행(步行)을 지시한다. 바른 걸음으로 앞만 보며 '미의 진실을 찾아가는 길'을 밝히기 위해 두 스승 중 하나인 석정(夕

汀)이 전해준 '서정의 등불'을 그는 꺼치지 않았다. 자신을 성찰하며 생의 진실을 묵상하는 고독한 순례자의 삶은, 그의 스승 석정의 예술적 발걸음과 보조(步調)를 같이했다.

「젊은 시인에게 보내는 편지」에서 '시문학에 종사하는 것은 인생을 충실하게 살자는 데' 그 목표를 두어야 한다고 석정은 말했다. 생활 태도가 그 시인의 작품을 결정하는 바로미터이다. 생활에의 결의와 그 실천이 바탕이 된 시 정신의 근간은 신념에 있다. 그 신념은 지조로 통한다는 스승의 예술관(藝術觀)을 송하선은 시작(詩作)에서 한 치의 어긋남 없이 실천해왔다. 절대 서정의 미를 찾아 순례한 기록들이 『몽유록』의 여기저기서 별빛처럼 반짝이는 까닭이 여기에 있다. 난삽하지 않고 정갈한 서정미가 단순하고 소박한 그의 시에 넘쳐난다. 그 속에 놀라운 삶의 지혜가 녹아 있다.

'창문 열고 바라보면' 주위의 집들이 평온해 보인다. 그러나 "한 걸음만 더 들어가 보면/집집마다 아픔이 하나씩" 있다. "집집마다 커튼을 드리우고 있지만,/한 가닥만 젖히고 들어가 보면/하나씩의 절망이 자리"(「집」) 잡고 있다. 나만 아프고 불행하거나 너만 행복하고 건강한 것이 아니다. 인생사 모두 비슷비슷하다. 이 땅의 절망스런 청춘들과 중년들은, '시인이 말한 그대로가 우리들의 참 인생이 아닌가' 곰곰이 되새겨볼 일이다.

"산과 들과 초가지붕 아래/어두운 그림자"가 있기 때문에 '달밤이 아름다운 것'이다. 시인 나이에 '멈춰 서서' 생각하면, "인생이 더욱 아름다운 것은/굽이굽이 생의 길목마다/어두운 터널"(「달밤」)이 있기 때문이다. 코딱지 풀꽃은 냉혹한 겨울의 추위를 "당찬 기개"(「코딱지 풀꽃」)로 이겨냈기에, '영롱한 얼굴'로 봄에 피어날 수 있는 것이다. "겨울 눈발 날리는 속"에서 그 눈발을 "이겨내야 하는 삶의 무게"를 안았기 때문에 양배추는 "꽃보다/더 고운 치마를 입고"(「양배추 꽃」) 그 모습을 드러낸 것이다. 삶의 무게를 견뎌내고 생의 길목에 가로놓인 어둠의 터널을 이겨내는 삶의 지혜는 특정 세대의 생에 국한되는 것은 아니다.

송하선의 시에는 청년 세대와 중년 세대 모두가 가슴 깊이 새겨야 할 교훈으로서의 '생철학'이 펼쳐져 있다. "어둠의 터널을 건너고 있는/그대, 젊은 아르바이트생들아" "조금은 더 실패할지라도/그러나 더욱 한 길로 나아가라./결핍이 사람을 만든다는 걸/굳게"(「부평초」) 믿

어라. 형체도 없고 무늬도 없는 인간 생활의 희로애락이 허허로운 가락으로 그의 시편에 펼쳐져 있다. 그 가락 속에 "안개보다 노을보다도"(「안개보다도 노을보다도」) 아름답고 향기로운 삶의 진리가 밤하늘의 별처럼 포진해 있다.

물욕을 경계하며 마음을 비우는 그 순간 텅 빈 시인의 마음에서 신성(神性)이 깃든 시무당의 언어가 춤을 춘다. 석정과 미당이 못다 풀어 쓴 서정 미학이 자리 잡은 『몽유록』은, 다양한 삶의 실경(實景)을 음미하고 감상할 수 있는 기회를 우리에게 제공하는 데 부족함이 없다.

4

시인으로 교육자로 '멍에'를 짊어지고 공적 인생을 마감하는 소회를 『송하선 문학앨범』(푸른사상사, 2004)에서 시인 스스로 피력했다. 멍에를 짊어진 '소(牛)의 보법(步法)'으로 그는 변함없이 '산수를 맞이한 오늘'까지 살아왔다. 「四壁頌」의 시인 변영로처럼 그는 세상의 풍파에 휘둘리지 않으며 자신의 길을 개척해왔다. 그런 그가 정년 이후 자연과 더불어 담담하고 허허롭게 생을 관조하는 시집 한 권을 묶어낸다.

꿈속을 노니는 『몽유록』에는 가필(加筆)된 이전 작품들이 배치되어 있다. 이것은 시인 자신의 시적 도정(道程)을 종합하려는 의지가 반영된 것이 아닌가 생각된다. 반신수덕(半身修德)의 자세로 일이관지(一以貫之)하려는 항심(恒心)에서 비롯된 것을 수도 있으며, 그 항심의 이면에는 자신의 시세계의 일관성을 독자에게 재확인시키려는 간절함도 작용했을 것이다. '허기진 존재'로서 채울 길 없는 절대고독의 그 허기를 달래기 위해 젊은 시절부터 '꽃비 내리는 마을'을 찾아가는 한 마리 나비의 모습이 이번 시집에서도 확인된다는 점에서 그렇다.

시집 제목에 암시되었듯이, 몽유(夢遊) 속에서 시인은 '미의 결정'을 향해 힘찬 발걸음을 내딛고 있다. 이것이 절대적인 미의 세계에서 소요유하려는 마음가짐을 버리지 않았다는 증거이다. 예술의 세계에서 늙음은 문제가 되지 않는다. 막다른 길에 이르면 또 다시 길이 있다. 남명 조식의 "유시궁도환유로(猶是窮途還有路)"(「山中卽事」)가 그것이다. 나비가 되어 꿈속을 헤매며 꽃비 내리는 마을로 가는 '또 다른' 그의 예술적 행로가 망백(望百)

까지 이어질 것이다. 그리하여 '미당과 석정의 예술정신이 밑바탕을 이룬 그의 서정적 언어와 조우(遭遇)할 수 있는 기회가 우리에게 주어지기를 바란다.

송하선 연보

1943~1956	조부 유재(裕齋) 송기면 선생으로부터 한문과 서예 지도받음
1954~1957	남성고등학교 졸업
1957~1963	전북대학교 문리과대학 국어국문학과 졸업, 중등학교 2급 정교사 자격 취득
1958~1961	신영토(新領土) 문학 동인
1958~	『전북대신문』 문예현상모집에 시부 입선(辛夕汀 選)
1961~1963	학보병으로 군 복무
1963~	『전북일보』 신춘문예 현상모집에 시부 입선(辛夕汀 選)
1964~1971	원광여자고등학교 국어교사
1966~1967	시 동인지 『南風』 편집인(同人 : 박항식, 조두현, 이병기, 송하선, 이광웅, 유근조, 채규판, 정양 등)
1967~	한국언어문학회 회원

1970. 8.15.	내무부장관 표창장
1970.11.20.	제1시집 『다시 長江처럼』(금강출판사) 출간
1971.5.20.	한국문인협회 회원
1971~1979	남성고등학교 교사
	중등학교 1급 정교사 자격증 취득
1972~1979	한국문인협회 이리지부장
1972~	한국현대시인협회 회원
1973~	가족시서화전 개최
	(글씨 : 剛菴 宋成鏞, 我山 宋河英, 友山 宋河璟,
	그림:碧川 羅相沐, 碧河 宋桂一,
	시:未山 宋河璇)
1974~1977	고려대학교 교육대학원 졸업
1975~	제2시집 『겨울풀』(창원사) 출간
1976~	『국어완전학습자료집』(한국능력개발사) 출간
	(전6권 한자 집필)
1977~	전라북도 문화상(문학 부문) 수상
1978~	저서 『詩人과 眞實』(금화출판사) 출간
1979~1980.6.	전북대학교 강사
1979~	제4차 세계시인대회 참가
1980.6.1	전주우석대학 국어국문학과 전임강사
1981.3.10	국어국문학회 회원

1981.10.10.~10.25	새마을교육(사회지도자반)연수
1981.11.20	저서 『韓國現代詩理解』(금화출판사) 출간
1981.11.25.	전북대상(학술상) 수상
1982.3.1.~1986.2.28.	전주우석대학 도서관장
1982.2.20	전주우석대학 재무위원
1982.5.18	제1회 대한민국 미술대전(서예부분) 입선
1982.6.30.~1984.2.28.	전주우석대학 학도호국단 지도위원
1982.10.1.~1986.9.30.	전주우석대학 국어국문학과 조교수
1983.9.1	전주우석대학 상벌위원회 위원
1984.3.15	번역서 『中國思想의 根源』(중국문화대학 이사장 張其昀 저)(공역)(文潮社) 출간
1984. 2.28	중국(대만)문화대학 중화학술원에서 명예 문학박사 학위 받음
1984.2.18.~2.24	중국(대만)한국연구학회에서 논문 발표(주제 : 중 · 한 현대시에 나타난 민족의식의 표출)
1984.1.1.~1984.12.31	전주우석대학 인사위원
1985	한국시문학회 회원
1985.9.15	제3시집 『안개 속에서』(학문사) 출간
1985.10.27.	7급 지방공무원 임용시험 출제위원
1986.2.20.~1989.2.28	전주우석대학 대학원 국어국문학과 주임교수

1986.3.1.~1987.9.30 전주우석대학 2부 학부장(야간대학장)

1986.10.1.~1991.9.30. 전주우석대학 국어국문학과 부교수

1987.3.20. 우석 서정상 박사 회갑기념문집 간행위원

1988.5.10. 우석대학교 개교 10년사 편찬위원

1988.11.29.~1992.2.20. 전라북도 도정 자문위원

1988.7 제1회 亞洲作家大會 참가

1989.9.23.~10.1 제54차 국제PEN대회에 한국대표단으로 참가 (캐나다 토론토 및 몬트리올)

1989.12.5. 문교부장관 표창장

1990.3.2.~1991.2.28. 우석대학교 대학원 국어국문학과 주임교수

1990.9.1.~1992.12.31. 우석대학교 국어국문학과 학과장

1991.5.1.~ 고려대학교 교우회 이사

1991.2.26.~1992.2.28. 우석대학교 인문학부장

1991.3.2.~1992.2.28. 우석대학교 대학원 주임교수

1991.10.1.~2004.2.28. 우석대학교 국어국문학과 교수

1991.10.15. 저서『未堂 徐廷柱研究』(선일문화사) 출간

1992.9.20. 저서『한국의 현대시 이해와 감상』(선일문화사) 출간

1992.3.1.~1994.2.28. 우석대학교 대학원 주임교수

1992.6.1. 이철균 시비 건립추진위원(시비 비문 글씨 씀)

1992.7.1. 김해강 시비 건립추진위원

1992.7.25.~1994.7.22.	전북지역 독립운동기념탑 추진위원 겸 독립운동사 편찬위원(독립운동기념탑 글씨 씀)
1992.10.5.	12회 도민의 장 심사위원
1992.10.26.	제33회 전라북도 문화상 심사위원
1993.2.15.~1995.6.27.	전주직할시 승격 및 범시민추진위원회 자문위원
1993.3.1.~1994.12.31.	우석대학교 인문학부장 겸 대학원 주임교수
1994.4.11.	완주군 이미지 가꾸기 자문 및 심사위원
1994.11.22.	"바른교육 큰사람 만들기" 高大 VISION 2005 발기인
1995.12.23.	맥(貘)동인회 회원(同人 : 피천득, 이원수, 김상옥, 김원길, 송하선 등)
1997.1.25.	저서 『시인과의 진정한 만남』(배명사) 출간
1997.7.15.	미당 시문학관 건립추진위원회 상임자문위원
1998.3.	한국법조 삼성인(三聖人) 동상 건립 추진위원
1998.5.10.	제4시집 『강을 건너는 법』(새미출판사) 출간
1998.9.10.	저서 『한국명시해설』(푸른사상사) 출간
1998.6.5.	『미산 송하선 교수 회갑기념 논문집』 간행
1998.7.21.	KBS 전국 시 낭송대회 심사위원장
1998.12.29.	풍남문학상 수상
2000.10.15.	저서 『서정주 예술언어』(국학자료원) 출간

2000.10.28. 한국비평문학상 수상

2000.10.30. 번역서 『유재집(裕齋集)』(이회문화사) 출간

2002.4.15. 저서 『夕汀詩 다시 읽기』(이회문화사) 출간

2002.5.4. 백자예술상 수상

2002.5. 〈한 · 일문화 교류회〉 일원으로 일본 千葉縣 세미나에 참가

2002.6.15. 제5시집 『가시고기 아비의 사랑』(이회) 출간

2003.3.1. 우석대학교 인문사회과학대학 학장

2003.5.24. 제6시집 『새떼들이 가고 있네』(리브가) 출간
장서 5,000권 우석대 도서관에 기증

2003.7.18. 『시적담론과 평설』(국학자료원) 출간

2003.8.30. 우석대학교 교수 정년 퇴임(명예교수 추대장 받음)

2004.9.30. 『송하선 문학앨범』(푸른사상사) 출간

2008.10.25. 미당평전 『연꽃 만나고 가는 바람같이』(푸른사상사) 출간

2011.11.10. 제7시집 『그대 가슴에 풍금처럼 울릴 수 있다면』(발견) 출간

2012.11.16. 제8시집 『아픔이 아픔에게』(푸른사상사) 출간

2013.7.17. 신석정 평전 『그 먼나라를 알으십니까』(푸른사상사) 출간

2016.7.14.	미당 문학회 창립 고문
2017.8.10	제9시집 『몽유록』(푸른사상사) 출간
2017.12.20.	제54회 한국문학상 수상
2020.8.15.	제10시집 『싸락눈』(푸른사상사) 출간
2022.5.10.	제11시집 『유리벽』(푸른사상사) 출간
2024.10.21.	제12시집 『여든 무렵의 고독』(푸른사상사) 출간

아흔 무렵의 이야기

초판 1쇄 인쇄 · 2025년 1월 20일
초판 1쇄 발행 · 2025년 1월 27일

지은이 · 송하선
펴낸이 · 한봉숙
펴낸곳 · 푸른사상사

주간 · 맹문재 | 편집 · 지순이 | 교정 · 김수란, 노현정
등록 · 1999년 7월 8일 제2-2876호
주소 · 경기도 파주시 회동길 337-16(서패동 470-6)
대표전화 · 031) 955-9111(2) | 팩시밀리 · 031) 955-9114
이메일 · prun21c@hanmail.net
홈페이지 · http://www.prun21c.com

ⓒ 송하선, 2025

ISBN 979-11-308-2209-9 03810
값 22,000원

저자와의 합의에 의해 인지는 생략합니다.
이 도서의 전부 또는 일부 내용을 재사용하려면 사전에 저작권자와 푸른사상사의 서면에 의한 동의를 받아야 합니다.
이 도서의 표지와 본문 레이아웃 디자인에 대한 권리는 푸른사상사에 있습니다.

아흔 무렵의 이야기

송하선 시선집